LEKTÜRE HILFE

Fabeln

Jean de La Fontaine

Fabeln

Jean de La Fontaine

Verfasst von Vincent Jooris
Übersetzt von Gerda Fischer

DER QUERLESER

Auf derQuerleser.de findest Du:
Zahlreiche verständliche und
detaillierte Lektürehilfen in
Nullkommanichts in digitaler
Version oder als Taschenbuch.

JEAN DE LA FONTAINE

FRANZÖSISCHER DICHTER

- **Geboren 1621 in Château-Thierry (Aisne)**
- **Gestorben 1695 in Paris**
- **Einige seiner Werke:**
  - *Adonis* (1658), Gedicht
  - *Contes et nouvelles* (1665), Sammlung von Erzählungen
  - *Fables choisies mises en vers* (1668-1694), Sammlung von Fabeln

Jean de La Fontaine wurde 1621 als Sohn eines Meisters der Wasser- und Forstwirtschaft geboren und erlebte eine Kindheit auf dem Land. Sein Gedicht *Adonis* erregte die Aufmerksamkeit des Superintendenten der Finanzen, Nicolas Fouquet (1615-1680). La Fontaine wurde zu seinem persönlichen Dichter und widmete ihm 1659 ein weiteres Gedicht mit dem Titel *Le Songe de Vaux*. Im Jahr darauf sperrte Ludwig XIV (1638-1715) den einflussreichen Minister aus Neid auf seinen Reichtum ein.

Nachdem er sich eine Zeit lang ins Limousin geflüchtet hatte, nahm La Fontaine später wieder am gesellschaftlichen Leben teil und fand neue Mäzene. Er produzierte nun den Großteil seines Werks, verkehrte mit anderen Schriftstellern seiner Zeit wie La Rochefoucauld (1613-1680), Molière (1622-1673), Mme de Sévigné (1626-1696),

Boileau (1636-1711) oder Racine (1639-1699) und wurde 1684 in die Académie française aufgenommen. Der größte Dichter des 17. Jahrhunderts war nicht nur der Verfasser von *Fabeln* und *Märchen,* sondern schrieb auch Theaterstücke und didaktische Erzählungen.

FABELN

EIN ZEITLOSES WERK

* **Genre:** Fabeln

* **Referenzausgabe:** *Fables*, Paris, Le Livre de Poche, Coll. «Les Classiques de Poche», 2002, 544 S.

* **1. Ausgabe:** 1668

* **Thematisch:** Moral, Sitten, Gesellschaft, Politik

Die *Fabeln* sind eine Reihe von poetischen Sammlungen. Sie sind illustriert und richten sich in erster Linie an das mondäne Publikum. Es gibt 248 Texte, die auf zwölf Bücher (oder Teile) verteilt sind.

Die erste Sammlung, *Fables choisies mises en vers*, erschien 1668 und umfasste sechs Bücher. Die Begeisterung der Leser war sofort groß. Die zweite Sammlung, *Fables, nouvelles et autres poésies*, wurde in Paris bei Denis Thierry in zwei Bänden (1678 und 1679) mit insgesamt fünf Büchern veröffentlicht. Schließich gab Claude Barbin das *Buch XII. Fables choisies*, im Jahr 1693. Es umfasst 29 Fabeln, von denen 14 bereits zuvor in *Le Mercure galant* oder in den *Œuvres de Maucroix et de La Fontaine* (1685) veröffentlicht worden waren.

Die zahlreichen Neuauflagen im Laufe der Jahrhunderte bestätigen den unumgänglichen und zeitlosen Charakter dieses Werks.

ZUSAMMENFASSUNG

Die *Fabeln* von Jean de la Fontaine wurden in drei Sammlungen zusammengefasst und dann auf eine Reihe von Büchern verteilt. Die folgende Liste enthält eine kurze Auswahl der bekanntesten oder bedeutendsten Fabeln.

ERSTE SAMMLUNG

- **„Die Zikade und die Ameise"** (I, Buch I). Während die Ameise ihre Nahrungsvorräte anlegte, blieb die Zikade sorglos. Im Winter bettelte die hungrige Zikade bei der Ameise, die ihr ihre Nachlässigkeit vorwarf.

- **„Der Rabe und der Fuchs"** (I, Buch II). Der Fuchs begegnet dem Raben, der einen Käse im Schnabel hält. Der Fuchs schmeichelt dem Raben, um ihn zum Reden zu bringen und so den Käse zu bekommen.

- **„Der Frosch, der sich so groß machen will wie der Ochse"** (I, Buch III). Aus Eifersucht auf die Statur des Ochsen versucht der Frosch, sich aufzublähen, bis er schließlich platzt.

- **„Die zwei Maultiere"** (I, Buch IV). Eines der Maultiere trägt den Hafer, während das andere stolz das Steuergeld trägt. Wenn Räuber auftauchen, greifen sie das letztere an. Der andere entkommt.

- **„Der Wolf und der Hund"** (I, Buch V). Ein hungriger Wolf beneidet den Status eines gut genährten und bequemen Hundes. Doch als der Wolf das Halsband sieht, flieht er und zieht seine Freiheit vor.

- **„Die Färse, die Ziege und das Schaf in Gesellschaft des Löwen"** (I, Buch VI). Diese Tiere sind sich einig, wenn es darum geht, ihren Besitz zu teilen. Aber wenn es darum geht, einen erbeuteten Hirsch zu teilen, schüchtert der Löwe seine Partnerinnen ein und nimmt sich alle Teile.

- **„Die Schwalbe und die kleinen Vögel"** (I, Buch VIII). Eine erfahrene Schwalbe warnt die Sperlinge: Der Hanf, der auf dem Nachbarfeld wächst, wird für Fallen verwendet. Sie ermahnt sie, die Ernte zu verhindern. Sie hören nicht auf sie und werden erwischt.

- **„Die Stadtratte und die Landratte"** (I, Buch IX) Die Stadtratte lädt die Landratte zu einem Festmahl bei sich zu Hause ein. Der Besuch wird dadurch gestört, dass ein Mensch während des Essens eindringt. Die beiden Ratten müssen sich verstecken, bis der Weg wieder frei ist. Die Feldratte kehrt nach Hause zurück, denn auf dem Land wird sie wenigstens nicht gestört und hat nichts zu befürchten.

- **„Der Wolf und das Lamm"** (I, Buch X). Ein Lamm trinkt mitten im Wald seinen Durst, als es von einem Wolf überrascht wird, der behauptet, dies sei seine Trinkquelle. Das Lamm versucht alles, um sich mit Argumenten zu verteidigen, wird aber schließlich gefressen.

- **„Die Diebe und der Esel"** (I, Buch XIII). Als sich zwei Diebe um einen Esel streiten, taucht ein dritter auf und nimmt ihn ihnen weg.

- **„Der Mann zwischen zwei Altersstufen und seine beiden Geliebten"** (I, Buch XVII). Während ein Mann zwei Witwen umwirbt, entfernt die ältere ihm sein schwarzes Haar, die jüngere sein weißes, sodass er am Ende eine Glatze hat.

- **„Der Fuchs und der Storch"** (I, Buch XVIII). Der Fuchs lädt den Storch ein. Diese kann sich nicht ernähren, weil ihr Schnabel sie daran hindert, von einem Teller zu essen. Um sich zu rächen, lädt sie den Fuchs ein: Er kann das gute Essen des Storchs nicht essen, da er auf dem Boden eines langen, engen Gefäßes festsitzt.

- **„Die Hornissen und die Honigfliegen"** (I, Buch XXI) Bienen und Hornissen streiten sich um ihre Rolle als Honigproduzenten. Der Richter, eine Wespe, hört sich die verschiedenen Aussagen an, bevor er zu dem Schluss kommt, dass der Honig von den Bienen produziert wurde.

- **„Die Eiche und das Schilfrohr"** (I, Buch XXII). Die Eiche macht sich über die Kleinheit und die scheinbare Zerbrechlichkeit des Schilfrohrs lustig. Ein Sturm bricht los, das Schilfrohr hält dem Wind stand, indem es sich verbiegt, während die Eiche entwurzelt wird.

- **„Von den Ratten abgehaltener Rat"** (II, Buch II). Die Ratten versammeln sich, um eine Lösung für die Plage der Katze Rodilardus zu finden. Man ist sich einig, dass man ihm ein Glöckchen umbinden sollte, das vor seiner Anwesenheit warnt, aber niemand will es ihm freiwillig um den Hals binden.

- **„Der Löwe und die Mücke"** (II, Buch IX). Die Macht des Löwen hindert die Mücke nicht daran, ihn zu erreichen und zu quälen. Nach ihrem Sieg wird die Mücke ihrerseits Opfer eines anderen Tieres, der Spinne.

- **„Der Löwe und die Ratte"** (II, Buch XI). Ein Löwe verschont das Leben einer Ratte. Eines Tages verfängt sich der Löwe in den Netzen. Zum Dank rettet ihn die Ratte, indem sie an den Seilen nagt.

- **„Der Wolf, der zum Hirten wurde"** (III, Buch III). Ein Wolf verkleidet sich als Hirte, um die Schafe zu täuschen. Da es ihm nicht gelingt, die Stimme des Hirten zu imitieren, wird er gefangen.

- **„Die Frösche, die einen König fordern"** (III, Buch IV). Die Frösche bitten Jupiter, ihnen einen König zu stellen. Jupiter schickt ihnen daraufhin einen Kranich, der Amphibien frisst, die sie alle verschlingen.

- **„Der Fuchs und der Ziegenbock"** (III, Buch V). Die beiden Tiere sind durstig und stecken in einem Brunnen fest. Der Ziegenbock hilft dem Fuchs, sich aus dem Brunnen zu befreien, woraufhin dieser sich auf den Weg macht und den Ziegenbock am Boden zurücklässt.

- **„Die Katze und eine alte Ratte"** (III, Buch XVIII). Eine listige Katze stellt sich tot. Die erfreuten Mäuse werden gebissen. Ein anderes Mal bedeckt sich die Katze mit Mehl, um die gierigsten Mäuse anzulocken. Eine misstrauische Ratte weicht aus.

- **„Der kleine Fisch und der Fischer"** (V, Buch III). Ein Carpeau versucht vergeblich, den Fischer davon zu überzeugen, ihn freizulassen, damit er gefangen werden kann, wenn er größer ist.

- **„Der Pflüger und seine Kinder"** (V, Buch IX). Der sterbende Pflüger lässt seine Kinder glauben, dass sich auf seinem Feld ein Schatz befindet, um sie dazu zu bringen, das Land zu bearbeiten. Die gierigen Kinder scheuen keine Mühen, um den Schatz zu finden. Ihre Arbeit wird belohnt, denn das Feld wird fruchtbarer und die Ernte fällt gut aus.

- **„Die Henne mit den goldenen Eiern"** (V, Buch XIII). Ein Mann tötet die Henne, die ihm goldene Eier legt, um zu sehen, ob sich in ihrem Bauch ein Schatz befindet. Er findet nichts und verliert damit die Quelle seines Reichtums.

- **„Der Hase und die Schildkröte"** (VI, Buch X). Zwischen einem Hasen und einer Schildkröte findet ein Wettrennen statt: Wer zuerst das Ziel erreicht hat, hat gewonnen. Der Hase glaubt, die Wette sei gewonnen, und verschiebt seinen Start auf später. Doch er wartet zu lange und die Schildkröte kommt vor ihm an.

ZWEITE SAMMLUNG

- **„Die an der Pest erkrankten Tiere"** (VII, Buch I). Um ihre Sünden zu bereinigen, einigen sich die Tiere darauf, das schuldigste Tier zu opfern. Man wagt es nicht, sich mit dem Löwen, dem Tiger oder dem Bären anzulegen. Schließlich ist es ein ehrlicher Esel, der verurteilt wird.

- **„Die Milchfrau und die Milchkanne"** (VII, Buch IX). Eine Milchfrau träumt von den Gewinnen, die sie machen und den Reichtümern, die sie anhäufen könnte, und verschüttet ihre Milch.

- **„Die zwei Hähne"** (VII, Buch XII). Zwei Hähne kämpfen um eine Henne. Der Sieger kräht von seinem Sieg, was die Aufmerksamkeit eines Geiers erregt, der ihn verschlingt.

- **„Der Esel und der Hund"** (VIII, Buch XVII). Ein Hund und ein Esel haben denselben Herrn, der gerade schläft. Der Esel grast im Gras; er hilft dem hungrigen Hund nicht, sich aus dem Brotkorb zu bedienen, sondern sagt ihm, er solle warten, bis sein Herrchen aufwacht. Der Hund gibt ihm die gleiche Antwort, als ein Wolf den Esel jagt.

- **„Les Deux Pigeons"** (IX, Buch II) lässt die Liebe den Bedürfnissen nach Neuem und Abenteuerlichem vorziehen.

- **„Der Mensch und die Natter"** (X, Buch I). Ein Mensch fängt eine Schlange und will sie töten, weil sie schädlich ist. Die Schlange beweist ihm, dass der Mensch noch schädlicher ist als sie. Der Mann ist wütend und erschießt das Tier trotzdem.

DRITTE SAMMLUNG

- **„Die Gefährten des Odysseus"** (XII, Buch I). Die Gefährten von Odysseus, die durch ein Gift von Circe in Tiere verwandelt wurden, ziehen ihren neuen Zustand dem der Menschen vor und wollen nicht wieder ihre menschliche Gestalt annehmen, die sie nun als minderwertiger als die des Tieres betrachten.

- **„Der kranke Hirsch"** (XII, Buch VI). Ein sterbender Hirsch will in Ruhe gelassen werden und weist jeden ab, der ihm helfen oder ihn trösten will. Die Tiere fressen in der Nähe, bevor sie sich wieder auf den Weg machen. Der Hirsch stirbt eher an Hunger als an seiner Krankheit.

BELEUCHTUNGEN

DER KLASSIZISMUS

Der Klassizismus zeichnet sich durch die großen barocken Salons aus, die Orte der Begegnung und des Nachdenkens über so unterschiedliche Themen wie Kunst, Literatur oder auch Politik waren. Diese Salons wurden von Kurtisanen organisiert und brachten Künstler, Intellektuelle und Adlige des Hofes zusammen. Sie entzogen sich somit jeglicher offizieller Kontrolle.

Doch auf Betreiben einiger Staatsmänner, darunter Richelieu (1585-1642) und Colbert (1619-1683), wurde eine Kulturpolitik eingeführt: Von nun an stellten Künstler ihr Talent in den Dienst der etablierten Macht, die sich zu ihrem wichtigsten Finanzier machte. Die Kunst sollte die Autorität unterstützen, die soziale Ordnung garantieren und zum Prestige des Hofes beitragen. Dieses Phänomen, das in Frankreich triumphierte, begünstigte das Aufkommen des Klassizismus, der sich durch eine extreme Kodifizierung der Kunst auszeichnet.

In der Tat wird die Kunst selbst erneuert. Im Gegensatz zur barocken Kunst der Renaissance, die keinerlei Regeln folgt, propagiert die klassische Kunst überall eine Ästhetik der Kohärenz, des Gleichgewichts, des Maßes und der Effizienz, die mit dem vorherrschenden guten Geschmack gleichgesetzt wird: Jedes Element muss beherrscht werden und Teil einer regelmäßigen Struktur sein. In der Literatur sollte die Sprache klar, rein und zugänglich sein, und die Themen sollten edel sein.

Für jede Disziplin werden strenge Regeln festgelegt. So wird das Theater durch die *Pratique du théâtre* (1657) von Aubignac (französischer Schriftsteller, 1604-1676) und die Poesie durch *L'Art poétique* (1674) von Boileau geregelt. Dasselbe gilt für Architektur, Malerei, Bildhauerei, Tanz, Musik usw. Die Ausübung einer Kunst besteht also in der Wiederholung eines festgelegten Rahmens.

DIE FABEL VOR LA FONTAINE

Fabeln sind kurze Geschichten. Sie handeln von zwei bis drei, selten mehr Personen, meist in Form von Tieren, die sprechen können. Die Geschichte endet mit einer Moral, die ihr eine Bedeutung verleiht, eine erzieherische Rolle spielt und den Leser zum Nachdenken anregt.

Fabeln gibt es seit der Antike. Die bekanntesten Fabeln sind die von Aesop (griechischer Schriftsteller, 7.-6. Jahrhundert v. Chr.) und Phaedrus (lateinischer Fabulist, 14 v. Chr.-50 n. Chr.), aber sie sind nicht die Einzigen. Im Mittelalter wurden in Predigten Fabeln eingesetzt, um die Gemeindemitglieder zu erziehen und gleichzeitig zu unterhalten. Zur gleichen Zeit werden in Bestiarien Tiere als Vorbilder oder Abstoßung dargestellt. Gleichzeitig entstanden Fabelsammlungen, die Isopets („kleine Äsops"), während Marie de France (französische Dichterin,

1154-1189) etwa 100 Fabeln in Versform verfasste. Von der Renaissance bis zur Mitte des 17. Jahrhunderts gab es eine Fülle von Übersetzungen antiker oder italienischer Fabeln.

La Fontaine erneuert das Genre jedoch. Zwar schöpft er nach Herzenslust aus den Erzählungen von Äsop, Phaedrus und dem *Roman de Renart*, die die Grundlage seines Repertoires bilden, doch für einige Fabeln lässt er sich auch von orientalischen Texten inspirieren, vor allem für die letzte Sammlung (worauf der Schriftsteller in seiner «Avertissement» hinweist). Orientalische Erzählungen wurden von den Autoren der Zeit wie Corneille (1606-1684), François Bernier (1620-1688), Molière (1622-1673) oder Racine (1639-1699) sehr häufig als Inspiration verwendet. La Fontaine versucht somit, sich in den literarischen Strom seiner Zeit einzureihen. Darüber hinaus entwickelt sich auch seine Auffassung von der Fabel weiter, weshalb seine Inspirationsquellen das Gleiche tun.

Der Einfluss von Schäfergeschichten ist auch in lyrischeren Fabeln zu erkennen, die von Hirten auf grünen Hügeln oder an einem Bach bevölkert werden, insbesondere in «Tircis et Amarante» (VIII, XIII), „*Daphnis et Alcimadure*" (XII, XXIV) und «Les Filles de Minée» (XII, XXVIII). Auch das Echo der *Contes* de La Fontaine – schelmischeren und manchmal grivoiden Erzählungen – ist hier deutlich zu spüren, zum Beispiel in «Le Mal Marié» (VII, II) und «La Matrone d'Éphèse» (XII, XXVI).

La Fontaine sah sich in erster Linie als Erbe einer langen Tradition. Der Epilog des Buches XI zeugt davon: In dem

Glauben, alles Mögliche zur Fabel beigetragen zu haben, ermutigt der Autor andere Schriftsteller, den Staffelstab zu übernehmen und das Genre fortzuführen. Im 18. und 19. Jahrhundert versuchten sich viele andere Schriftsteller an der Kunst der Fabel, aber keiner von ihnen erlangte denselben Ruhm wie Jean de La Fontaine.

SCHLÜSSEL ZUM LESEN

EIN UNVORHERGESEHENES MEISTERWERK

In der Schultradition wurden Fabeln wegen ihres Nutzens geschätzt. In den im 16. Jahrhundert gegründeten Jesuitenschulen (die der Elite vorbehalten waren) dienten die Schriften von Aesop und Phaedrus als Arbeitsgrundlage. Diese Texte waren kurz genug, um die sogenannten „klassischen" Sprachen zu lernen, sich mit rhetorischen Figuren vertraut zu machen und sich im Umschreiben oder Nachahmen zu üben.

Das Genre wurde jedoch nicht als prestigeträchtig angesehen. Daher machte sich La Fontaine in aller Bescheidenheit daran, die *Fables zu* verfassen. Im gesamten Titel ist nur von einer « mise en vers » die Rede. Dies zeugt von der bescheidenen Absicht, ältere Erzählungen zu überarbeiten und zu aktualisieren. Doch durch seine sorgfältige Arbeit liefert der Schriftsteller Texte von gleichem - oder sogar höherem - literarischen Niveau als seine Vorbilder. Auf diese Weise betonte La Fontaine die französische Sprache, die nach und nach zu einer kulturellen Referenzsprache wurde.

ANGENEHME GESCHICHTEN

La Fontaine weiß, dass strenge Texte langweilen und dass der Leser jede Form von Pedanterie ablehnt. Der Schriftsteller möchte nicht als Moralapostel erscheinen.

Deshalb versucht er, seine Geschichten unterhaltsam und gleichzeitig lehrreich zu gestalten. Er will dem Publikum gefallen, aber vor allem will er es implizit zum Nachdenken über bestimmte Themen aus dem Alltag seiner Zeit anregen.

Der Autor passt sich also seinem Publikum an: Es handelt sich um die in den Salons versammelte Weltbevölkerung, die angenehme Gespräche liebt, dem Schabernack zugetan ist und begierig auf geistreiche Worte unter Leuten von guter Gesellschaft ist. Kurze Genres wie die Fabel finden in diesem Kontext natürlich ihren Platz. Daher ist La Fontaines Tonfall leicht, heiter, bezaubernd und scherzhaft. Die Fabeln, die zu charmanten Anekdoten werden, erhalten eine neue Vitalität, und die angenehme Erzählweise verleiht ihnen eine gewisse Lebendigkeit. Jede Geschichte ist wie ein kleines Theaterstück.

Dennoch verliert La Fontaine die erzieherische Rolle der Fabel nicht aus den Augen. Das Angenehme schließt die Weisheit nicht aus; im Gegenteil, eine subtile Alchemie verbindet sie. Darüber hinaus moralisiert der Schriftsteller, ohne Langeweile zu erzeugen. Die Fähigkeit, auch bei ernsten Themen heitere und unterhaltsame Worte zu finden, ist ein Merkmal der Eutrapelie (Bereitschaft zu scherzen, witzig und freundlich zu sein), die Rabelais (französischer Schriftsteller, 1494-1553) bis dahin am besten beherrscht hatte. So schließt die Moral immer die Fabel ab, auch wenn sie nicht explizit ausgesprochen wird.

EIN KLASSISCHER STIL

La Fontaines Schreibstil zeichnet sich aus durch:

- **die Wahl des freien Verses.** Eine regelmäßige, starre und monotone Versifikation hätte die Lektüre erschwert und das Projekt des Autors zunichtegemacht. La Fontaine entschied sich für den freien Vers und bewegte sich damit auf halbem Wege zwischen Prosa und Metrum. Auf diese Weise profitiert er sowohl von der Flexibilität des einen als auch vom Rhythmus des anderen. Das Vergnügen entsteht aus der Vielfalt: Verse von zwölf, zehn, acht oder sechs Fuß folgen ohne erkennbare Ordnung aufeinander. Der Autor scheut sich auch nicht vor Enjambements (Zurückwerfen dessen, was den Satz beendet, im nächsten Vers, siehe «L'Ivrogne et sa Femme», III, VII, V. 5-6). Mit diesen Mitteln kann der Dichter je nach Thema leicht von einem Ton in den anderen wechseln und die Aufmerksamkeit des Lesers ständig auf sich ziehen. Das plötzliche Kürzen von Versen vermittelt beispielsweise den Eindruck von Schnelligkeit und sorgt für Überraschung:

> „Wie er den Angriff einläutete, so läutete er den Sieg ein,
>
> Gehe überall hin, um es zu verkünden, und begegne unterwegs
>
> Der Hinterhalt einer Spinne
>
> Er trifft dort auch auf sein Ende".
>
> („Der Löwe und die Mücke", II, IX, V. 33-34)

Diese dynamische Vielfalt zeigt sich natürlich am Ende des Gedichts, wo die Pointe oft mit einem metrischen Wechsel einhergeht («La Montagne qui accouche», V, X);

Außerdem verleihen Reime dem Text einen Arbeitsreichtum sowie Harmonie beim Lesen.

- **Ein Streben nach Prägnanz.** La Fontaine bevorzugt eine einfache und zugleich feine Syntax und einen erschwinglichen Wortschatz. Seine Eleganz ist sehr ausgefeilt, wirkt aber dennoch natürlich.

- **Kurze Geschichten.** «Les longs ouvrages me font peur», erklärt La Fontaine im Epilog zu Buch VI von La Rochefoucauld, Autor der *Maximes* (1664). Er greift also die Forderung nach Kürze auf: Er legt Wert darauf, sein Thema nicht zu erschöpfen, und vermeidet unnötiges Geschwätz, das den Leser verwirrt und sein Vergnügen verdirbt. Dies entspricht auch dem Wunsch nach Vorsicht: Eine Fabel, die zu einer eindeutigen Interpretation führt, verführt nicht. Vollständig zu sein, kann sich daher als gefährlich erweisen («Discours à Monsieur le duc de La Rochefoucauld», X, XIV). Im Laufe der Sammlungen werden die Fabeln jedoch immer länger. So weichen beispielsweise „Der Donaubauer" (XI, VII, 94 Verse) oder „Die Gefährten des Odysseus" (XII, I, 114 Verse) von diesem Grundsatz der Kürze ab.

DIE ARGUMENTATION UND DIE FABEL

Die Argumentation ermöglicht es dem Schriftsteller, einen persönlichen Standpunkt zu behaupten. Er kann dies auf direkte Weise tun, indem er seine Meinung zu wichtigen gesellschaftlichen Problemen äußert, oder auf indirekte Weise, indem er den Leser auffordert, eine moralische Lehre aus der Erzählung zu ziehen. In seinen Texten stellt La Fontaine widersprüchliche Argumente gegenüber und führt den Leser dazu, sich ein eigenes Urteil zu bilden.

Die Fabel ist eine indirekte Argumentation, die dem Leser durch die Freude an der Erzählung eine Lehre vermittelt. Um diesen zu überzeugen, appelliert sie an die Vernunft. Die Verteidigung eines Standpunktes stützt sich auf die Stärke und Vielfalt der Argumente und Beispiele. Die Ideen werden logisch aneinandergereiht und berufen sich auf grundlegende Werte. Diese Forderung nach Stringenz und logischer Stärke führt dazu, dass der Leser sich dem vom Autor vertretenen Standpunkt anschließt.

In seinen Fabeln fügt La Fontaine häufig eine argumentative Sequenz ein, in der er eine Figur sprechen lässt, um eine andere zu überzeugen. In „Der kleine Fisch und der Fischer" versucht der kleine Fisch, den Fischer davon zu überzeugen, ihn zu verschonen:

> *„Was werden Sie mit mir machen? Ich kann nicht liefern*
>
> *Höchstens ein halber Bissen.*
>
> *Lassen Sie mich Karpfen werden:*

In „Der Erdtopf und der Eisentopf" versucht der Eisentopf, den Erdtopf zu überzeugen, mit ihm zu gehen:

Allerdings reichen die Argumente, obwohl sie überzeugend sind, oft nicht aus, um den Verlauf der Fabel zu ändern. Tatsächlich wird der kleine Fisch gefressen und der Tontopf zerbricht schließlich. Kurz gesagt: Die Schwachen überleben nicht immer gegenüber den Starken. So ist die argumentative Dimension der Fabel nicht ausschließlich mit der Moral verbunden, sondern die Dialoge selbst sind voll von argumentativen Elementen. Dies ermöglicht es den Lesern, über den Ausgang der Fabel, die Figuren und das, wofür sie stehen, nachzudenken.

TIERE ALS REPRÄSENTANTEN DER GESELLSCHAFT

Die Kraft der Fabeln

> *„Fabeln sind nicht das, was sie zu sein scheinen:*
>
> *Das einfachste Tier ist unser Herr". („Der Hirte und der Löwe", VI, I)*

Was die Fabeln so fruchtbar macht, ist die Übereinstimmung zwischen der Tierwelt und der Welt der Menschen. Denn was den Tieren widerfährt, kann auch den Menschen widerfahren, das versteht jeder Leser. Diese Analogie ist ein Hintertürchen, um die Funktionsweise der menschlichen Gesellschaft und oft auch ihre Fehler zu enthüllen. In der Tat würden diese moralischen Wahrheiten, wenn sie roh ausgesprochen würden, unheimlich klingen. Die scherzhafte und spielerische Wendung dieser Allegorien weckt jedoch das Interesse des Lesers und führt ihn allmählich zur Entdeckung einer kraftvollen Bedeutung.

Auf diese Weise, indem er die Botschaft auf den ersten Blick verbirgt, stellt der Fabulist nicht nur sicher, dass sie beim Publikum gut ankommt, sondern er vermeidet auch die Zensur. Auch wenn ein geübter Leser die Bezüge der Figuren gut versteht, wird nichts erklärt, und das ermöglicht es La Fontaine, Konflikte mit der politischen Macht zu vermeiden oder sich auf jeden Fall mit dem Argument des fiktiven Genres der Fabel verteidigen zu können.

Genaue Typen

Die Tiere in den *Fabeln* sind Abbilder realer Personen und besitzen stereotype Charakterzüge. Einige Identifikationen sind leichter zu unterscheiden als andere. Der Fuchs zum Beispiel spielt immer die Rolle des Schmeichlers und der List: Er setzt Schmeicheleien ein, um zu tricksen, und stellt in dieser Hinsicht die Höflinge dar. Der Löwe wiederum repräsentiert den König in all seinen Zuständen: Er kann mächtig, grausam und verächtlich sein, aber auch naiv, krank oder alt («Le Lion s'en va en guerre»). Der Wolf kann für Grausamkeit und Macht stehen („Der Wolf und der Fuchs"). Die Katze symbolisiert Hinterlist und Heuchelei („Das Schweinchen, die Katze und die Mausefalle").

Neben diesen Figuren setzt La Fontaine manchmal auch Gegenstände («Pot de Terre et le Pot de Fer»), Menschen («La Laitière et le Pot au lait») oder Naturelemente («Le Torrent et le Rivière», «Le Chêne et le Roseau») in Szene. Die Verwendung anderer Figuren als Tiere ermöglicht es dem Fabulisten auch, eine direkte Annäherung an die Realität zu vermeiden und den fiktiven und unterhaltsamen Aspekt der Fabel hervorzuheben, da die Gegenstände oder Elemente weder sprechen noch sich bewegen können.

Auf diese Weise entwirft La Fontaine ein Panorama der Gesellschaft seiner Zeit. Er malt sowohl die Großen (den König und seine Höflinge) als auch die Kleinen (das Volk, Bauern und Handwerker). Durch die Personifizierung und die Prosopopeia (ein Verfahren, bei dem ein Tier oder ein Gegenstand zu Wort kommt) verleiht er seinen Fabeln Lebendigkeit.

DIE BEHANDELTEN THEMEN

Trotz ihrer Vielfalt enthalten die *Fabeln* einige gemeinsame Ideen, die zu einer Art sozialer Weisheit oder bescheidener Philosophie konvergieren: Bewusstsein für Ungleichheit, angeprangerter Machtmissbrauch, Warnung vor Ehrgeiz und Ratschläge an die Mächtigsten.

Eine Feststellung: Es gibt Ungerechtigkeit

La Fontaine stellt eine ganze Reihe von Verhaltensweisen dar, die mit Macht verbunden sind, und verschleiert nicht ihre perversen Auswüchse: Die Regierenden sollen das Gemeinwohl sichern, üben aber auch Autorität aus, um ihre persönlichen Interessen auf Kosten ihrer Untertanen zu verteidigen. Der Starke belastet den Schwachen mit seinen willkürlichen Entschlüssen. In „Der Wolf und das Lamm" spielen die Proteste des Opfers keine Rolle: Der Wolf wird das Lamm ohnehin „ohne weiteres Verfahren" fressen. Sein Appetit kann nicht ungestillt bleiben. In « La Génisse, la Chèvre et la Brebis en société avec le Lion » (I, VI) beansprucht der Löwe schamlos die Wildanteile der anderen drei. In „Die Tiere, die an der Pest erkranken" (VII, I) wagt es niemand, die Mächtigen (den Löwen, den Tiger, den Bären) anzuklagen, die sich angesichts von Schwierigkeiten vor ihrer Verantwortung drücken; stattdessen zahlt ein elender, wehrloser Dompfaff an ihrer Stelle und dient als Sündenbock.

Der Schriftsteller versucht keineswegs, den Missbrauch der Macht zu rechtfertigen. Als Pragmatiker zeigt er lediglich, dass die Macht manchmal über das Recht siegt und dass das Gute schlecht belohnt werden kann („Der Mann und die Natter", X, I). La Fontaine stellt solche Situationen dar, um den Leser an eine Tatsache zu erinnern, die er im Hinterkopf behalten sollte: Man lebt nicht in einer idealen Gesellschaft, in der sich alle im gemeinsamen Interesse an die Regeln halten. Grausamkeit, Hinterlist, Betrug und Habgier sind verabscheuungswürdig und inakzeptabel, aber sie sind dennoch real. Der Schriftsteller verbannt den Angelismus und regt zu Kritik und Reflexion an.

Indirekt mahnt der Erzähler den Leser zur Vorsicht: Als Schutz dient nur eine echte Distanz der Schwachen, der Bauern zu denen, die ihnen schaden könnten, um die Gerechten aus dem Aktionsradius der Bösen herauszuhalten. Und wenn man die bösen Menschen wirklich nicht meiden kann, kann man auch gleich wissen, wie man ihnen nicht zum Opfer fällt: Rücksicht auf sie nehmen, indem man sich nicht zu sehr engagiert. Jeder muss sich seinen Freiraum bewahren und misstrauisch sein, wie die alte Ratte in „Die Katze und eine alte Ratte" (III, XVII).

> *„Eine Ratte ohne mehr, unterlässt es, herumzuschnüffeln.*
>
> *Er war ein alter Hase und kannte mehr als einen Trick;*
>
> *Sogar seinen Schwanz hatte er in der Schlacht verloren*
>
> *„Dieser bemehlte Block ist mir nicht geheuer","*
>
> *Rief er dem General von Chats aus der Ferne zu.*

In dieser Fabel misstraute die Ratte der Katze und wurde dank dieses Misstrauens nicht gefressen.

Missbrauch von Macht

Hinter den Moralvorstellungen der Fabeln verbirgt sich oft eine Kritik des Fabulisten an der Gesellschaft und der herrschenden politischen Macht. Die Verwendung von Tieren ist für ihn ein Mittel, um sich selbst zu schützen. In „Die an der Pest erkrankten Tiere" prangert La Fontaine die Auswüchse der absoluten Macht an. Der Esel wird nämlich in e nem Prozess für ein Übel verurteilt, für das niemand verantwortlich ist: die Pest. Der Wolf und der Fuchs verteidigen sich, schmeicheln dem König und beurteilen schließlich den Hunger des Esels als verwerfliche kriminelle Handlung:

Somit ist der Esel das ideale Opfer. Es wird nicht der Schuldigste, sondern der Schwächste geopfert: „Je nachdem, ob du mächtig oder elend bist/ Die Urteile des Gerichts machen dich schwarz oder weiß."

Eine Warnung vor Ehrgeiz

Gleichzeitig tadelt La Fontaine Hochmütige und Eitle, die sich wichtig machen und vorgeben, sich aus ihrer Position herauszuheben und in einen höheren sozialen Rang aufzusteigen. Diese Menschen verleugnen ihre wahre Natur und überschätzen ihre Fähigkeiten, wie « La Grenouille qui veut se faire aussi gros que le Bœuf » (I, III). Sie sehen nur das, was sie glauben, wie in „Die Schwalbe und die kleinen Vögel" (I, VIII). Sie ignorieren ihre eigenen Fehler, während sie die der anderen brandmarken: „Die Eiche und das Schilfrohr" (I, XXII), „Der Beutel" (I, VII), „Der Mensch und sein Bild" (I, XI), „Der Mensch und die Natter" (X, I).

Durch ihre Arroganz bringen sich die Frechdachse in Schwierigkeiten. Im besten Fall werden sie ausgelacht („Der Rabe und der Fuchs", „Der Fuchs und der Storch"), im schlimmsten Fall sogar getötet. Auch hier plädiert La Fontaine für Vorsicht: Jeder muss mit dem zufrieden sein, was er hat. So prangert der Schriftsteller die soziale Ordnung an, wie sie ist, ohne jedoch zu Rebellion oder anderen Formen der Revolte aufzurufen.

Ratschläge für die Mächtigsten

La Fontaine empfiehlt eine gewisse Bescheidenheit, und zwar auch den Mächtigen. In der Tat scheint er sich in einigen Fabeln an sie zu wenden und verurteilt ihre Exzesse.

Der Schriftsteller geißelt zunächst einmal die Anwendung von Gewalt ohne Grund. Machtmissbrauch und Grausamkeit sind charakteristisch für Wölfe, deren Instinkte nicht unter Kontrolle sind. Andere Tiere sind jedoch in der Lage, Macht ohne Bösartigkeit auszuüben: Die Wespe richtet mithilfe einer Biene („Hornissen und Honigfliegen", I, XXI), ein Löwe ist großmütig („Der Löwe und die Ratte", II, XI) usw. Die Wespe wird von einer Biene unterstützt. Diese Tiere wissen sehr wohl, dass man „oft einen braucht, der kleiner ist als man selbst" (ebd.). Sie haben auch verstanden, dass der Starke, indem er sich unnötiger Brutalität enthält, den Ruf eines gerechten Menschen erlangt. Er flößt Respekt ein. Eine wohlwollende Führungskraft genießt leichter das Vertrauen aller und wird eher zur vollen Kooperation bereit sein. Es ist also von Vorteil, milde und rücksichtsvoll zu sein und seine Stärke zu zügeln. Aus dieser Beziehung gehen beide Seiten als Gewinner hervor: Der Untertan lebt friedlich, und der Mächtige erhält seinen Gehorsam durch Zustimmung. Auch hier garantiert der klassische Autor soziale Stabilität.

In diesem Sinne hat Macht (erworbene oder erhaltene) nur so viel Wert, wie sie genutzt wird. Das bedeutet, dass man sich seines Amtes würdig erweist und sich verantwortungsvoll verhält. Man muss seine Leidenschaften

(Ungeduld, Verbitterung, Zorn, Gier) zügeln können. Wie kann man anderen befehlen, wenn man nicht in der Lage ist, sich selbst zu befehlen? In «Les Deux Mulets» (I, IV) zeigt La Fontaine auch die Gefahren auf, denen sich diejenigen aussetzen, die ein hohes Amt bekleiden und aus Eitelkeit das Risiko nicht abschätzen.

Die Täuschenden werden zu den Getäuschten

Sehr oft kann der Leser feststellen, dass der Schwächere gegen den Stärkeren verliert. La Fontaine hat es jedoch auch verstanden, diese Tendenz umzukehren und den Schwächeren in eine Situation zu bringen, die dem Stärkeren schadet. Eines der anschaulichsten Beispiele dafür ist „Der Löwe und die Mücke". Die Geschichte eines „mickrigen Insekts", dem es gelingt, dem Löwen einen Streich zu spielen, veranschaulicht diese Umkehrung der Rollen.

In dieser Fabel wird der Moucheron zwar schließlich von einer Spinne gefangen, triumphiert aber trotz seines ungleichen Gewichts über den König. Das Ende enthält zwei Moralvorstellungen: Die erste besagt, dass man sich vor scheinbar harmlosen Menschen in Acht nehmen soll; die zweite besagt, dass man, auch wenn man einer großen Gefahr entkommen ist, weiterhin auf der Hut sein und vorsichtig sein muss, denn abgelenkt durch den Sieg könnte die kleinste Gefahr auf einen lauern.

In „Der Hahn und der Fuchs" versucht der Fuchs, den Hahn zu täuschen, indem er einen Frieden zwischen allen Tieren vorgibt, damit der Vogel von seinem Baum herunterkommt, aber schließlich tappt er in seine eigene Falle. Auf seinen Vorschlag antwortet ihm der Hahn:

<blockquote>

„Freund, ich konnte nie

Eine süßere und bessere Nachricht lernen

als die dieses Friedens.

[...]

Ich sehe zwei Windhunde,

die, wie ich versichere, Kuriere sind

Dass man für dieses Thema sendet.

Ich gehe nach unten und wir können uns alle gegenseitig ficken.

Adieu", sagte der Fuchs, „mein Melken dauert lange.

Wir werden uns über den Erfolg des Falls freuen

Ein anderes Mal." (Buch II)

</blockquote>

So gelingt es dem Fuchs, der ein großer Betrüger ist, nicht, den Hahn in die Falle zu locken, der über seine Flucht lachen kann.

Und viele andere Themen...

Da die *Fabeln* zahlreich sind, ist es nicht verwunderlich, dass auch die behandelten Themen zahlreich sind. La Fontaine wollte bei der Darstellung der Gesellschaft seines Jahrhunderts so umfassend wie möglich sein. Um dies zu erreichen, müssen sowohl der Erzählrahmen als auch die Reden eine wahrscheinliche Situation in der Realität widerspiegeln. Die in diesem Handlungsstrang angesprochenen Themen werden dann durch die Figuren und ihre Handlungen veranschaulicht.

Darüber hinaus müssen Fabeln, die einerseits zu gefallen suchen, andererseits die verschiedenen Geschmäcker und Anreize der Leser befriedigen. Daher sind die Kompromisse der Bequemlichkeit (Der Wolf und der Hund, I, V), die Liebesbeziehungen (Der Mensch zwischen zwei Zeitaltern, I, XVII), der Tod (Der Tod und der Unglückliche, I, XV; Der Tod und der Holzfäller, I, XVI), Glücksfälle (Der Löwe und die Mücke, II, IX), Süchte (Der Trinker und seine Frau, III, VII), Frauen (Die ertrunkene Frau, III, XVI), Innenpolitik (Frösche, die nach einem König fragen, III, IV) und internationale Politik (Der vielköpfige Drache, I, XII; Diebe und Esel, I, XIII), belohnte Anstrengungen (Die Zikade und die Ameise, I, I) etc. sind allesamt Themen, die ein Publikum ansprechen können, das sich von einer der erzählten Geschichten angesprochen fühlt.

DENKANSTÖSSE

EINIGE FRAGEN, UM IHRE ÜBERLEGUNGEN ZU VERTIEFEN…

- Machen Sie Maximen von La Fontaine ausfindig, die sprichwörtlich geworden sind.

- Notieren Sie die Anzahl der Fabeln pro Buch. Welche Bemerkungen können Sie dazu machen?

- Vergleichen Sie Tierfabeln mit solchen, in denen Menschen vorkommen. Welche Beobachtungen machen Sie?

- Die erste Sammlung ist dem Sohn von Ludwig XIV. gewidmet, «à Monseigneur le Dauphin» (1661-1711). Was ist Ihrer Meinung nach der Grund für diese Wahl in La Fontaines Vorgehen?

- Achten Sie auf einige offensichtliche Interventionen des Erzählers, wenn er seinen Standpunkt darlegt oder den Leser anspricht. Welche Verbindung können Sie zum gesellschaftlichen Umfeld der damaligen Zeit herstellen?

- An welche dieser beiden Aussagen würden Sie die *Fabeln* anknüpfen: das Lachen oder das Lächeln? Begründen Sie Ihre Antwort.

- Sind die *Fabeln, die sich* durch eine sehr große Vielfalt auszeichnen, dennoch unordentlich und ohne stilistische Einheit? Begründen Sie Ihre Antwort.

- Vergleichen Sie La Fontaines *Fabeln* mit George Orwells „*Farm der Tiere*" (1945) (englischer Schriftsteller, 1903-1950).

- Heutzutage werden die *Fabeln* als Teil der Jugendliteratur betrachtet. Ist dies Ihrer Meinung nach eine Fehleinschätzung? Argumentieren Sie.

- Wie lässt sich die Adaption berühmter Fabeln in Zeichentrickfilme erklären?

WEITERFÜHRENDE INFORMATIONEN

REFERENZAUSGABE

LA FONTAINE J. DE, *Fables*, Paris, Le Livre de Poche, Coll. « Les Classiques de Poche », 2002, 544 S.

REFERENZSTUDIEN

BONECQUE P., *Fables, La Fontaine: analyse critique*, Paris, Hatier, 1984.

DANDREY P., *La fabrique des Fables: essai sur la poétique de la Fontaine*, Paris, Klincksieck, 1992.

DANTZIG C., « La Fontaine (Jean de) », in *Dictionnaire égoïste de la littérature française*, Paris, Grasset, 2005, Coll. « Le Livre de Poche », S. 515-518.

« Fables », in *Dictionnaire des Grandes OEuvres de la littérature française*, Paris, Larousse-VUEF, 2001, S. 447-452.

HORVILLE R., « La Fontaine », in *Europäisches literarisches Erbe*, Bd. 8, Brüssel, De Boeck, 1996, S. 759-771.

LA FONTAINE J. DE, *Fables, Livres I à VI*, commentaires de G. Peureux, Paris, Larousse, coll. « Petits Classiques », 2008.

SIMONOT L., *Le Loup dans les fables (Der Wolf in den Fabeln)*, Nathan, Coll. « Carrés classiques » (Klassische Quadrate), 2014.

Deine Meinung ist uns wichtig!
Hinterlasse doch einen Kommentar auf der Seite
unserer Online-Buchhandlung
und teile Deine Favoriten in den sozialen Netzwerken!

derQuerleser.de

Literatur auf den Punkt gebracht!

www.derQuerleser.de

ISBN digitale Ausgabe: 9782808686884
ISBN gedruckte Ausgabe: 9782808698283
Pflichtexemplar: D/2023/12603/1108

Cover: © Plurilingua
Logo: © Graphicrepublic (Freepik.com) und Plurilingua

Digitale Aufbereitung: Primento, der digitale Partner der Herausgeber.